Le vrai Noël de Susan

Paul A. Lynch

Anciennement publié par Revival Waves of Glory Books & Publishing

PO Box 596 | Litchfield, Illinois 62056 USA (2016).

Design du livre Copyright © 2022 par Paul A. Lynch. Tous droits réservés.

Publié aux États-Unis d'Amérique

Broché :

E-book :

Dédicace

Aux enfants du monde entier qui ont besoin de connaître la véritable signification de Noël et la raison pour laquelle le Christ est venu sur terre.

Le vrai Noël de Susan

« Le vrai Noël de Susan » de Paul A. Lynch raconte l'histoire de Susan, une fille de douze ans qui est fille unique. Susan est assez égoïste, mais ce n'est pas entièrement de sa faute, car ses parents le sont aussi. Elle est très enthousiaste à chaque Noël car ses parents lui offrent les meilleurs jouets et vêtements parce qu'ils sont riches. Un soir, autour de la table du dîner, le père de Susan lui demande si elle donnerait à ses amis certains de ses jouets pour Noël, mais elle répond que ses amis en ont assez. Son père ne dit rien, mais sa mère insiste alors pour que Susan mange ses légumes. Mais la fille est désobéissante, alors son père lui dit de les manger, ou elle aura un seul jouet pour Noël, et ses amis auront le reste. Susan, en entendant cela, décide de manger ses légumes, de se brosser les dents et d'aller dormir.

Cependant, cinq minutes après s'être endormie, elle découvre un homme apparaissant devant elle

portant des vêtements blancs et enveloppé par une lumière éclairante. L'homme s'identifie comme l'ange du Seigneur, Gabriel, qui apporte toujours de bonnes nouvelles. Gabriel dit alors à Susan que sa mission est de la ramener dans le temps pour lui montrer la vraie signification de Noël. À la fin, Susan découvre le vrai sens de Noël et elle transmet la bonne nouvelle à ses parents.

L'histoire

Susan avait de grands espoirs pour le jour de Noël, qui arriverait dans deux jours seulement. Après tout, elle n'avait que douze ans, et les nombreux cadeaux que ses parents lui avaient offerts depuis sa naissance se comptaient probablement par milliers. Susan était très égoïste pour son âge, tout comme ses parents, qui ont fait d'elle une enfant gâtée parce qu'elle est enfant unique. Susan était dans sa chambre, allongée et comptant ses jouets, et elle se demandait quels nouveaux cadeaux de Noël ses parents lui offriraient le jour de Noël.

« Viens dîner », appela sa mère depuis la salle à manger.

« Une seconde, maman, je range mes jouets » répondit Susan. « *Je me demande ce que maman a préparé pour le dîner* », pensa la petite fille. « *Bon, je me dépêche et je vais voir.* »

Susan se précipita hors de sa chambre et descendit les escaliers vers la salle à manger. Cependant, en jetant un œil à l'arbre de Noël qui était magnifiquement décoré, elle remarqua que des cadeaux avaient commencé à être rassemblés à son pied. « *Je me demande ce que signifie cette étoile au sommet de l'arbre* », se dit-elle. Ses yeux se sont à nouveau dirigés vers les cadeaux, car elle a vu plusieurs gros cadeaux emballés dans du papier cadeau très attrayant, et elle a décidé d'aller sous l'arbre et de les soulever pour sentir leur poids afin de pouvoir deviner leur contenu.

Elle a d'abord soulevé le plus gros cadeau, qui était emballé dans du papier rouge, vert et

blanc. Elle l'a secoué en se disant :
« *Et un jouet de plus pour Noël.* »

Elle l'a fait avec deux autres cadeaux avant que sa mère ne s'écrie : « Susan, dépêche-toi et viens manger avant ça refroidisse. »

Quand elle a entendu cela, elle a couru vers la salle à manger, où son père était assis à un bout de la table et sa mère à l'autre bout. Susan s'est assise au milieu, comme d'habitude. Sa mère et son père ne priaient pas beaucoup, et le bénédicité n'y faisait pas exception. Maman avait préparé son plat préféré, composé de purée de pommes de terre, de légumes cuits et de poulet à l'étouffée. Susan a goûté la nourriture, et elle était délicieuse, alors elle a voulu manger en vitesse. Puis sa mère a crié : « Susan, s'il te plaît, prends ton temps et ne mange pas si vite ! »

Après avoir entendu cela, Susan a pris tout le temps du monde pour manger. Son père a alors entamé une conversation autour de la table, et il a dit à sa fille : « Susan, as-tu déjà pensé à partager tes jouets avec certains de tes amis qui n'ont pas grand-chose ? »

Susan, égoïste, a répondu : « Papa, je veux garder tous mes jouets dans ma chambre pour en avoir assez pour jouer avec ».

Quand sa mère a entendu cela, elle a dit : « Mais Susan, ne penses-tu pas que certains de tes camarades de classe aimeraient aussi que tu partages certains de tes jouets avec eux, même des jouets un peu vieux. Après tout, c'est les vacances de Noël et n'est-ce pas la saison pour faire des cadeaux ? »

Susan a répondu : « Je ne pense pas, mère. Mes amis sont assez satisfaits de ce qu'ils ont ». Lorsque sa mère a entendu cela, elle a alors dit à Susan de manger ses légumes.

« Mais maman, je déteste manger des légumes », a-t-elle répondu.

« Susan, tu es trop désobéissante. Tu dois nous écouter, nous sommes tes parents. Si tu continues à désobéir, nous serons obligés de te donner un seul cadeau pour Noël cette année - et de donner le reste à vos amis »

« Papa, mais je ne mange pas de légumes ! »

« Ça suffit, Susan ! Tu ne recevras qu'un seul cadeau de Noël car tu refuses de manger tes légumes. Tes amis auront le reste ».

Susan s'est mise à pleurer, mais comme ses parents étaient devenus stricts, elle devait quand même manger tous les légumes de son assiette. Après avoir terminé, elle a demandé à être excusée et est allée se brosser les dents. Puis elle est allée s'allonger sur son lit. En repensant à ce que ses parents avaient dit plus tôt autour de la table de dîner, elle s'est endormie. Environ cinq minutes plus tard, elle a vu une lumière si forte qu'elle a dû se couvrir le visage avec les mains. La lumière s'est un peu atténuée, elle a levé les yeux, surprise de voir ce qui semblait être un homme sorti de nulle part. Il était vêtu de vêtements blancs.

« Qui êtes-vous ? » demanda-t-elle à l'étranger.

« Oh, pardonne-moi, mon cher enfant, si je t'ai fait peur : je m'appelle Gabriel et je suis un messager du Seigneur. On m'a envoyé chez toi et dans cette pièce pour te montrer ce qui s'est passé il y a longtemps ».

Susan a eu très peur et a demandé : « Avec toute cette lumière vive et ces vêtements blancs, êtes-vous un ange ? »

Gabriel répondit : « Oui, Susan, je suis un ange du Seigneur, et j'apporte toujours de bonnes nouvelles. Maintenant, es-tu prête pour ton voyage dans le temps ? »

Susan était encore perplexe et pensait être dans un rêve. Elle a crié : « Maman ! Papa ! Où êtes-vous ? Il y a un homme dans ma chambre qui prétend être un ange du Seigneur »

L'ange Gabriel lui répondit alors : « Susan, tes parents ne peuvent pas t'entendre parce qu'ils sont dans un sommeil profond. De plus, Dieu désire que je te transporte dans le temps pour que tu puisses voir les événements passés »

La jeune fille a alors demandé : « Comment savez-vous que je m'appelle Susan ? »

Gabriel a dit : « Vois-tu, les anges sont des êtres supérieurs, et je connais à peu près toutes les choses. Mais il est temps d'y aller ».

Susan était encore perplexe et a demandé : « Où allons-nous ? »

Gabriel a répondu : « Eh bien, bien sûr, nous allons à Bethléem en Israël et dans une ville appelée Nazareth ».

Quand Susan a entendu cela, elle n'avait plus peur et a décidé de croire les paroles de l'ange, après tout ; il semblait qu'elle était dans un long rêve étrange et qu'elle se réveillerait probablement bientôt.

Elle a alors dit à l'ange : « Je suis prête pour ce voyage où tu m'emmènes. »

L'ange a alors répondu : « Voilà, tu as le bon état d'esprit. Il te suffit de fermer les yeux et d'imaginer que tu es arrivée à la destination prévue ».

« Quoi ? » Susan a répondu. « Je pensais qu'on allait voler pour atteindre la destination ».

L'ange a dit : « Fais-moi confiance. »

Susan a alors fermé les yeux, puis elle a senti qu'elle flottait, et soudain, Gabriel et elle se sont envolés dans le ciel nocturne comme des oiseaux.

« Je n'arrive pas à croire que je vole ! » s'est écriée Susan.

Alors qu'ils volaient dans les airs, Susan voyait toutes les maisons de son quartier. Elle a rapidement visé des nuages encore plus hauts.

L'ange a alors dit : « Susan, nous allons bientôt entrer dans la ville de Nazareth. »

« Nazareth ? Pourquoi Nazareth ? » a demandé Susan.

« Tu verras », répondit Gabriel.

Soudain, juste en dessous d'eux, Susan a vu une petite ville, mais comme il faisait nuit et à cause des arbres et de la haute altitude dans le ciel, elle ne pouvait pas la voir correctement. Une chose étrange s'était également produite.

Susan a réalisé que ce n'était plus son époque moderne, mais il semblait que c'était un retour dans le temps et elle se souvenait de ce que Gabriel avait dit.

Puis, pendant qu'elle réfléchissait à ces choses, Gabriel a dit : « Ferme les yeux, car nous allons atterrir. »

Susan a entendu ce que l'ange avait dit, elle a fermé les yeux et s'est immédiatement retrouvée à côté de Gabriel sur le sol de la ville de Nazareth. Elle a regardé autour d'elle et s'est demandé ce qu'ils faisaient dans cette ville à l'aspect pauvre.

Gabriel lui a dit : « Tu dois te demander ce que nous faisons dans cette pauvre petite ville, eh bien c'est là que tout a commencé ».

« Que quoi a commencé ? » demanda Susan.

L'ange répondit à la petite fille : « C'est la raison pour laquelle Noël est fêté. Tu vois, Noël a commencé dans cette ville ».

Susan, intriguée, a répondu : « Je ne vois pas de décorations de Noël, d'arbres, de boutiques de cadeaux, ni de jouets ou d'enfants jouant dans de beaux habits. On n'aurait pas pu aller dans une ville plus belle comme New York ou Londres ? »

Gabriel répondit : « Tu vois, le Sauveur du monde est venu de cette très humble ville et non de ces autres jolies villes que tu as nommées. Tu vois, mon enfant, cela a commencé dans cette ville même ».

Susan a demandé à l'ange : « Au fait, en quelle année sommes-nous ? Je vois des gens en haillons, et il n'y a pas de voitures ici. Je ne vois que des ânes, des chameaux et des chevaux. Je ne vois aucune bonne maison, aucune école, ni même aucune entreprise. »

Gabriel a répondu : « C'était il y a plus de deux mille ans, et ces choses modernes dont tu parles n'ont pas encore été inventées ».

Susan a réfléchi un moment et s'est dit : *« Deux mille ans, c'est beaucoup de décennies. Je pensais que le voyage ne remonterait que de cinq ans dans le temps mais pas de deux mille ».*

Pendant qu'elle réfléchissait, Gabriel lui dit : « Suivons cet homme qui a un âne près de cette maison. »

Susan, curieuse, a demandé : « Qui est cet homme dont vous parlez avec l'âne ? »

Gabriel répondit : « C'est Joseph, et c'est un Juif de la tribu de David, et notre histoire commence avec lui. Maintenant, suivons-le rapidement pour voir où il va. »

Susan et Gabriel ont suivi Joseph jusqu'à ce qu'il arrive dans une maison et frappe à la porte.

Susan a demandé à l'ange : « Pourquoi s'arrête-t-il ici ? Il ne réalise pas que nous sommes juste derrière lui ? »

Gabriel a répondu : « Nous sommes invisibles pour ces gens, ils ne peuvent donc pas nous voir ni même nous entendre. Joseph est dans cette maison pour une raison, regardons pour voir ce qu'il va faire ».

Susan entendit cela, et elle regarda attentivement Joseph qui continuait à frapper, et une belle jeune femme aux longs cheveux noirs sortit de la porte d'entrée. Susan a entendu Joseph dire à la jeune femme : « Oh Marie, je viens d'apprendre une bonne nouvelle : nous allons enfin nous marier ! »

Susan a eu l'air surprise et a dit à Gabriel : « Qui est cette belle jeune femme ? Et pourquoi sommes-nous ici ? »

L'ange répondit : « C'est Marie, et plus tard nous la verrons encore. Je ne peux pas te dire la raison pour laquelle nous sommes ici, car tu dois la découvrir toi-même ».

Susan a entendu ce que l'ange avait dit et elle a remarqué que Joseph avait cessé de parler à

Marie et était maintenant sur son âne.

« Où va-t-il maintenant ? » demanda Susan.

Gabriel lui répondit : « Il rentre chez lui. Et revenons le lendemain ».

Quand Susan a entendu cela, elle a regardé et a vu une énorme horloge tourner devant elle et l'instant d'après, elle a eu l'impression que le soleil se levait, et elle a entendu le chant d'un coq, puis elle a réalisé qu'il était tôt le lendemain, et elle a vu l'ange Gabriel se tenir à côté d'elle.

Et elle lui a dit : « Pourquoi sommes-nous encore chez Marie ? Je pensais que nous serions dans une autre maison ou un autre endroit à l'heure qu'il est ? »

L'ange lui répondit : « Tu vois, Marie est très importante dans tout cela. Allons maintenant chez elle pour voir ce qui se passe. Il suffit de traverser le bâtiment pour y entrer parce que nous sommes des êtres spirituels ».

Susan a entendu cela, et elle a suivi ce que l'ange avait dit. Elle a traversé le bâtiment, et elle s'est immédiatement rendue dans le salon de Marie.

Gabriel suivit et se tint aux côtés de Susan.

« Marie semblait très occupée lorsqu'elle balayait le sol. Qu'est-ce que ça a de si spécial ? » Susan a réfléchi à ces choses pendant que Gabriel lisait dans ses pensées et lui disait : « Tu dois te demander ce qui est si important dans le fait que Marie

balaye le sol ou pourquoi nous sommes même chez elle ?

Mais regardons et voyons ». Susan regardait en voyant une lumière vive qui illuminait la pièce que Marie balayait quand elle vit ce qui semblait être Gabriel en vêtements blancs se tenant en l'air devant elle. Susan était maintenant légèrement confuse et elle dit à Gabriel : « Ce n'est pas toi qui parles à Marie ?

Gabriel a répondu : « C'est moi il y a deux mille ans. Maintenant, écoutons ce qui a été dit".

Susan a entendu cela et a écouté et observé attentivement la scène. Et elle entendit lorsque Gabriel dit à Marie : « Je te salue, toi qui es très favorisée, le Seigneur est avec toi : tu es bénie entre toutes les femmes ».

Susan vit que Marie semblait avoir peur, et elle observa attentivement la réponse de l'ange et dit : « Quel est ce noble salut, mon seigneur ? »

L'ange lui répondit : « Ne crains rien, Marie, car tu as été choisie par Dieu.

Et voici que tu concevras dans ton sein, et tu enfanteras un fils, et tu lui donneras le nom de JÉSUS, qui signifie Sauveur. Il sera grand et sera appelé Fils du Très-Haut, et le Seigneur Dieu lui donnera le trône de son père David : Et il régnera sur la maison de Jacob pour toujours, et son règne n'aura pas de fin ».

Susan a ensuite regardé attentivement Marie répondre à l'ange : « Comment cela va-t-il se passer, puisque je ne suis mariée à aucun homme ? »

L'ange répondit : « Le Saint-Esprit viendra sur toi, et la puissance du Très-Haut te couvrira de son ombre ; aussi ce saint enfant qui naîtra de toi sera-t-il appelé Fils de Dieu ».

Susan, choquée, regarda Gabriel et dit : « Vous voulez dire que cette jeune femme sera la mère du Fils de Dieu. »

Gabriel lui répondit : « Oui, le Fils de Dieu, le Messie, et cette pauvre fille humble a été choisie par Dieu pour le mettre au monde afin de sauver les pécheurs.

Écoutons encore un peu de ce que Marie a dit ».

Ils écoutèrent tous deux Marie qui dit : « Voici la servante du Seigneur ; qu'il me soit fait selon ta parole. Mon âme magnifie le Seigneur, et mon esprit s'est réjoui en Dieu mon Sauveur.

Car il a regardé l'humilité de sa servante, car voici que désormais toutes les générations me diront bienheureuse. Car le puissant m'a fait de grandes choses, et son nom est saint. Et sa miséricorde s'étend de génération en génération sur ceux qui le craignent.

Il a fait preuve de force avec son bras droit ; il a dispersé les fiers dans l'imagination de leurs cœurs. Il a fait descendre les puissants et les fiers de leurs sièges et les a exaltés d'un bas niveau.

Il a comblé de bonnes choses les affamés, et il a renvoyé les riches à vide.

Il a aidé son serviteur Israël, en souvenir de sa miséricorde, comme il a parlé à nos pères, à Abraham et à sa descendance pour toujours ».

Susan, toujours perplexe, dit à Gabriel : « Pourquoi Dieu choisirait-il une pauvre fille humble pour être la mère du Messie ? Dieu ne veut-il pas que son Fils naisse dans un immense royaume ? »

Gabriel a entendu ce qui a été dit, il a un peu ri et a répondu : « Dieu ne considère pas ceux qui pensent dans leur cœur et leur esprit qu'ils sont meilleurs que les autres. Il considère que ce type de personnes est très égoïste et cruel. Il a choisi Marie parce qu'Il savait qu'elle n'était pas comme ça, mais qu'elle était très humble et qu'elle voulait être la mère de Jésus le Messie ».

Quand Susan a entendu cela, elle a pensé à quel point elle était égoïste et qu'elle ne voulait pas partager ses jouets et sa nourriture avec ses amis ou qui que ce soit d'ailleurs, et elle s'est sentie un peu triste à cause de cela. « *Peut-être y a-t-il une vraie raison à ce voyage dans le temps, s'est-elle dit.* »

Elle a demandé à Gabriel : « Où allons-nous ensuite ? »

L'ange répondit : « Nous allons voir Marie, qui a fini par visiter la maison de Joseph et lui annoncer la bonne nouvelle. Il suffit de fermer les yeux et de les ouvrir ».

Susan a obéi à la voix de l'ange, elle a fermé les yeux puis les a ouverts et aussitôt elle a vu Marie chez Joseph et comment elle a frappé à la porte.

Susan a remarqué que Marie semblait enceinte maintenant et a dit à Gabriel : « Ce n'est pas le jour d'après, n'est-ce pas ? »

Gabriel lui a répondu : « Tu as raison, c'est trois mois après que je lui ai rendu visite. Nous sommes allés un peu plus loin que quelques jours. Voyons ce qui s'est passé ».

Susan et Gabriel ont regardé Joseph sortir et ont vu Marie. Il a été heureux de constater qu'elle était enceinte, et son visage est passé de la joie à la tristesse. Joseph est devenu furieux et a dit : « Comment se fait-il que tu sois maintenant enceinte alors que nous allons bientôt nous marier ? »

Susan et Gabriel ont observé la réponse de Marie : « Eh bien, il s'est passé quelque chose d'incroyable il y a quelques mois, alors que je balayais le sol de mon salon. J'ai vu une lumière brillante et un ange du Seigneur qui se tenait dans les airs, et j'ai eu très peur et j'ai voulu courir. Puis il a dit : « N'aie pas peur, je t'apporte de bonnes nouvelles. Car tu auras un fils et tu l'appelleras Jésus. Car il sauvera son peuple de ses péchés, et dans son royaume, il n'y aura pas de fin ».

Joseph l'a entendue et a dit : « Marie, tu es sûre que tu te sens bien aujourd'hui ? Pour toi, être enceinte est une chose, mais mentir devant moi en est une autre ».

Marie a répondu aux paroles de Joseph : « S'il te plaît, crois-moi, je ne te mens pas ».

Joseph s'est fâché et est retourné chez lui. Marie est partie en pleurant. Susan a vu tout cela et a demandé à Gabriel : « Pourquoi Joseph n'est-il pas content que Marie soit enceinte du Fils de Dieu ? »

Gabriel répondit : « Tu vois, Joseph pensait que Marie était tombée enceinte d'un autre homme. Quand les autres verront Marie, ils penseront la même chose ».

« Que va-t-il se passer maintenant ? » demanda Susan.

L'ange répondit : « Allons voir dans la maison de Joseph ».

« D'accord », a dit Susan. Ils sont entrés tous les deux dans la maison et ont remarqué qu'il faisait nuit et que Joseph dormait profondément. Soudain, Susan a vu des images sur le mur qui bougeaient, elle est devenue

curieuse et a demandé à Gabriel :
« Quelles sont ces images ? »

Gabriel a répondu : « Ces images représentent Joseph en train de faire un rêve. Voyons et écoutons attentivement ce qui se passe dans son rêve ».

Susan a fixé ses yeux sur les images, et elle a écouté attentivement Joseph rêver. Dans son rêve, il vit l'ange du Seigneur qui lui apparut et lui dit : « Joseph, fils de David, ne crains pas de prendre Marie pour épouse, car ce qui est conçu en elle est du Saint-Esprit.

Elle mettra au monde un fils, et tu l'appelleras du nom de Jésus, car il sauvera son peuple de ses péchés ».

Susan a regardé l'image disparaître et elle a demandé à Gabriel ce que ces choses signifiaient. Gabriel la regarda et dit : « Cela s'est produit parce que Marie et Joseph étaient destinés à se marier et à élever Jésus dans le monde. Il y a de nombreuses années, un homme nommé Esaïe, un saint prophète de Dieu, a prophétisé cela : « Voici, une vierge sera enceinte et elle mettra au monde un fils, et on lui donnera le nom d'Emmanuel, ce qui signifie : Dieu avec nous ». Pour cette raison, Marie a été choisie et Joseph étant un homme humble et juste, descendant de David, a été choisi ».

Susan a entendu cela et a dit : « Oh, je crois que je comprends un peu mieux maintenant. Et je suis sûr que Joseph épousera Marie et élèvera Jésus comme un véritable enfant ».

L'ange répondit : « C'est vrai ! Mais maintenant, nous allons six mois avant la nuit de la naissance de Jésus-Christ. Il suffit de fermer les yeux puis de les ouvrir et nous atteindrons notre destination ».

Susan obéit, et elle vit Marie et Joseph qui voyageaient sur un âne.

« Où vont-t-ils, Gabriel ? » demanda Susan.

L'ange répondit : « Il y avait un décret précédemment adopté par César Auguste, un empereur cruel, selon lequel le monde entier devait être taxé. Tous allaient se faire inscrire, chacun dans sa ville. Joseph aussi monta de la Galilée, de la ville de

Nazareth, pour se rendre en Judée, dans la ville de David, appelée Bethléhem, parce qu'il était de la maison et de la famille de David

afin de se faire inscrire avec Marie, sa fiancée, qui était enceinte. ».

Susan a dit : « Que vont faire Marie et Joseph car elle va bientôt accoucher ? »

Gabriel répondit : « Suivons-les et voyons ».

Ils ont suivi Marie et Joseph jusqu'à ce qu'ils arrivent dans la ville de Bethléem et qu'ils ne voient personne dans les rues. Susan, curieuse, a demandé à l'ange : « Pourquoi ces rues sont-elles si vides ce soir ? »

L'ange a répondu : « C'est ainsi ce soir parce que Jésus-Christ va bientôt naître. Comme tu le verras ce soir, il n'y aura pas de place pour Lui dans l'auberge ».

Joseph a frappé à la porte d'une auberge, et un aubergiste est sorti et a dit : « Que puis-je faire pour vous ce soir, Monsieur ? »

Joseph répondit : « Ma femme va bientôt accoucher et nous avons voyagé toute la journée, y a-t-il une chambre dans votre auberge qui puisse nous accueillir ? »

L'aubergiste lui répondit : « Mon bon ami, mon auberge est surpeuplée de gens, et elle ne peut pas vous accueillir, vous et votre femme. C'est comme ça depuis le début de la soirée, mais peut-être pouvez-vous essayer une autre auberge ? »

Joseph a fait ce qu'on lui a dit, mais il n'a pas eu de chance. Susan, désormais inquiète, voyant que Marie pourrait avoir son bébé à tout moment, a dit à

Gabriel : « Que feront-ils maintenant, vu que toutes les auberges sont pleines ».

L'ange répondit : « Ne t'inquiète pas, Dieu créera un chemin quand il semble qu'il n'y en a aucun ».

« Continuons à suivre le couple. »

Susan a cru les paroles de l'ange en continuant à suivre Marie et Joseph. Joseph est arrivé à la dernière auberge et a frappé à la porte, et un homme est sorti et a dit : « Puis-je vous aider, Monsieur ? »

Joseph a expliqué la situation dans laquelle lui et sa femme Marie se trouvaient, et l'aubergiste a répondu : « Je n'ai pas de place dans mon auberge, mais j'ai une grange avec quelques animaux de ferme qui comprennent un chien, des moutons, des chèvres, des chevaux, des ânes et des poulets ».

Quand Joseph a entendu cela, lui et Marie étaient heureux, tout comme Susan.

Gabriel a dit à Susan : « Nous devons aussi aller là où se trouvent les bergers ».

Susan a répondu : « Les bergers sont-ils des parents de Marie et de Joseph ? »

Gabriel a répondu : « Non, ils ne le sont pas, mais allons les voir. Il te suffit de... »

Gabriel n'a pas eu le temps de finir quand Susan l'a interrompu et a dit : « fermer les yeux et imaginer que je suis là-bas, et j'y serai, c'est ça ? »

Gabriel répondit en riant : « Oui, tu as très bien compris ».

Susan savait ce qu'il fallait faire et en quelques secondes, ils étaient tous les deux dans le pâturage des moutons.

« Il y a tellement de moutons ici, et pas beaucoup de bergers, cependant, ils semblent surveiller leurs moutons avec attention », a dit Susan.

Gabriel a répondu : « Oui, et quelque chose d'incroyable est sur le point de se produire ».

« *Quelque chose d'incroyable* »", dit Susan.

« Oui, regardons attentivement et observons ce qui va se passer », a répondu Gabriel.

Susan devint une bonne observatrice, et en regardant elle vit un ange qui était apparu devant les bergers avec une lumière vive, vêtu de vêtements blancs, et les bergers devinrent craintifs ; mais l'ange leur dit : « Ne craignez point; car je vous annonce une bonne nouvelle, qui sera pour tout le peuple le sujet d'une grande joie : *c'est qu'aujourd'hui, dans la ville de*

David, il vous est né un Sauveur, qui est le Christ, le Seigneur.

Et voici à quel signe vous le reconnaîtrez : vous trouverez un enfant emmailloté et couché dans une crèche ».

Comme Susan l'a observé, soudain il se joignit à l'ange une multitude de l'armée céleste, louant Dieu et disant : « Gloire à Dieu dans les lieux très hauts, Et paix sur la terre parmi les hommes qu'il agrée ! »

Après que les anges eurent loué Dieu, ils retournèrent au ciel. Et

Susan et les bergers ne les virent plus.

Gabriel lui a alors dit : « Susan, écoute bien ce que les bergers se disent entre eux ».

Susan écouta donc les bergers qui se disaient les uns aux autres : « Allons jusqu'à Bethléhem, et voyons ce qui est arrivé, ce que le Seigneur nous a fait connaître ».

Susan ressent alors une forte envie de voir l'enfant Jésus, et elle dit à Gabriel : « Allons à Bethléem pour voir aussi l'enfant Jésus ».

Gabriel lui a répondu et lui a dit : « C'est une excellente idée ; allons-y rapidement ».

En arrivant à l'auberge où ils étaient allés auparavant, ils ont vu Marie, Joseph et l'enfant Jésus couché dans une crèche. Ils ont également vu les bergers qui avaient été dans le pâturage plus tôt, et ils se sont dit, lorsqu'ils ont vu le miracle du Messie pour eux-mêmes, « Répandons la bonne nouvelle de la naissance du Messie ».

Susan les regardait partir et répandre la bonne nouvelle à tous ceux qu'ils voyaient concernant la naissance de Jésus et les anges. Susan a également remarqué que les animaux de la ferme avaient baissé la tête devant le Christ, et elle a demandé à Gabriel : « Pourquoi les animaux de la ferme baissent-ils la tête devant le Messie ? Savent-ils aussi qui est le Fils de Dieu ? »

Gabriel a alors répondu : « Les animaux ont baissé la tête parce qu'ils savent qui est le Messie. Comme l'avait dit le prophète il y a longtemps : « Le bœuf connaît son maître, et l'âne la crèche de son maître ; mais Israël ne sait pas, mon peuple n'en tient pas compte ».

« Tu vois, cette nuit-là, aucune auberge n'avait de place pour celui qui va sauver le monde, et personne n'avait reconnu, en dehors des animaux de ferme et des bergers, qui est vraiment Jésus-Christ, couché dans une crèche. »

Quand Susan a entendu cela, elle a su dans son cœur et son esprit que Jésus était le Messie promis, et elle a demandé à

Gabriel : « Puis-je aussi adorer Jésus en cette nuit ? »

L'ange lui répondit : « Bien sûr, pourquoi ne le fais-tu pas maintenant ? » Susan entendit cela et se réjouit. Elle se rendit à la crèche et adora l'enfant, Jésus.

Pendant qu'elle faisait cela, trois rois sages venus d'Orient se prosternèrent devant Jésus pour l'adorer et lui offrir des cadeaux d'or, d'encens et de myrrhe.

Gabriel a alors dit à Susan : « Il semble que mon travail ici soit terminé ».

Susan a répondu et a dit : « J'ai appris la vraie signification de Noël ».

L'ange lui a dit : « Qu'as-tu appris ? »

Susan a répondu en disant : « Noël n'est pas une question de cadeaux, de nombreux jouets, d'arbres de Noël ou même de Père Noël, mais de Jésus-Christ, qui est né à Bethléem en Judée pour nous sauver de nos péchés ».

Quand Gabriel a entendu cela, il a souri et a dit : « Va annoncer la bonne nouvelle de ce que tu as appris à ta famille et à tes amis ».

Soudain, Gabriel a disparu de devant ses yeux, et elle n'a plus vu l'ange.

Puis elle s'est réveillée et s'est retrouvée dans son lit, et c'était le lendemain matin. Elle a sauté du lit et a couru vers la chambre de ses parents, et ils ont été surpris de la voir arriver si vite, vu qu'il était encore tôt le matin. Ils lui ont demandé : « Qu'est-ce qu'il y a, Susan ? »

Susan a répondu : « C'était merveilleux ! »

«   Qu'est-ce   qui   était merveilleux ? » a demandé son père.

Susan a répondu : « Le voyage à Bethléem, où j'ai vu l'enfant qui est né pour sauver l'humanité de leurs péchés, Jésus-Christ ».

Ses parents, perplexes, lui ont dit : « Susan, mais nous ne sommes jamais allés à Bethléem, et tu as dormi toute la nuit ».

Susan a répondu : « L'ange du Seigneur, dont le nom est Gabriel, m'a fait remonter le temps et m'a montré le chemin que Marie et Joseph ont parcouru pour mettre

Jésus au monde. J'ai aussi vu des bergers dans les champs qui surveillaient leur troupeau la nuit. Et soudain, un ange à la lumière éclatante leur raconta la naissance de Jésus-Christ à Bethléem ; et comment ils trouveraient le bébé couché dans une crèche. Après ces événements, j'ai vu un grand nombre d'anges dans le ciel qui louaient et rendaient gloire à Dieu ».

Son père a dit : « Quand j'étais enfant, mes parents m'ont raconté cette histoire tirée de la Bible, mais quel est le rapport avec Noël ? »

Susan a répondu : « Papa, ne vois-tu pas que Noël n'est pas une question de cadeaux, d'arbres de Noël, de jouets, de Père Noël, de vêtements ou même d'argent, mais qu'il s'agit pour Dieu d'envoyer son Fils dans le monde pour nous sauver ».

« Son père est allé sur son étagère et a pris la Bible qui semblait être couverte de poussière et n'a pas été ouverte pendant de nombreuses années. Il trouva à l'endroit où était écrite l'histoire de la naissance du Christ, et il lut le passage à haute voix à Susan et à sa mère, et ce fut ainsi : « *En ce temps-là parut un édit de César Auguste, ordonnant un recensement de toute la terre.*

Ce premier recensement eut lieu pendant que Quirinius était gouverneur de Syrie.

Tous allaient se faire inscrire, chacun dans sa ville.

Joseph aussi monta de la Galilée, de la ville de Nazareth, pour se rendre en Judée, dans la ville de David, appelée

Bethléhem, parce qu'il était de la maison et de la famille de David,

afin de se faire inscrire avec Marie, sa fiancée, qui était enceinte.

Pendant qu'ils étaient là, le temps où Marie devait accoucher arriva,

et elle enfanta son fils premier-né. Elle l'emmaillota, et le coucha dans une crèche, parce qu'il n'y avait pas de place pour eux dans l'hôtellerie.

Il y avait, dans cette même contrée, des bergers qui passaient dans les champs les veilles de la *nuit pour garder leurs troupeaux. Et voici, un ange du Seigneur leur apparut, et la gloire du Seigneur resplendit autour d'eux. Ils furent saisis d'une grande frayeur.*

Mais l'ange leur dit : Ne craignez point ; car je vous annonce une bonne nouvelle, qui sera pour tout le peuple le sujet d'une grande joie : *c'est qu'aujourd'hui, dans la ville de David, il vous est né un Sauveur, qui est le Christ, le Seigneur.*

Et ceci vous servira de signe : vous trouverez le bébé enveloppé de langes, couché dans une crèche. Et soudain il y avait avec l'ange une multitude d'anges de l'armée céleste qui louait Dieu et disait : Gloire à Dieu dans les lieux très hauts, Et paix sur la terre parmi les hommes qu'il agrée !

Lorsque les anges les eurent quittés pour retourner au ciel, les bergers se dirent les uns aux autres : Allons jusqu'à Bethléhem, et voyons ce qui est arrivé, ce que le Seigneur nous a fait connaître. Ils y allèrent en hâte, et ils trouvèrent Marie et Joseph, et le petit enfant couché *dans la crèche. Après l'avoir vu, ils racontèrent ce qui leur avait été dit au sujet de ce petit enfant. Tous ceux qui les entendirent furent dans l'étonnement de ce que leur disaient les bergers. Marie gardait toutes ces choses, et les repassait dans son cœur. Et les bergers s'en retournèrent, glorifiant et louant Dieu pour tout ce qu'ils avaient entendu et vu, et qui était conforme à ce qui leur avait été annoncé. »*

Lorsqu'il termina la lecture, Susan s'écria : « C'est le voyage que j'ai fait, et j'ai tout vu ! »

Ses parents, convaincus dans leur cœur, lui ont dit : « Susan, pardonne-nous toutes ces années de ne pas avoir vu le vrai sens de Noël, qui était l'envoi par Dieu de son Fils unique dans le monde pour nous sauver de nos péchés ».

Ils se sont mis à pleurer, et Susan a répondu : « S'il vous plaît, pardonnez-moi aussi parce qu'hier soir, j'ai été désobéissante et égoïste parce que je ne voulais pas manger mes légumes ou partager mes jouets, mais je promets qu'à partir d'aujourd'hui, je vous obéirai et que je partagerai ma nourriture et mes jouets avec mes amis ».

Ses parents l'ont entendue, et tous ont été remplis de joie et ont loué Dieu. Et soudain, il y eut dans la pièce une lumière vive et une foule d'anges en vêtements blancs, avec des harpes et des pipes à la main, louant et rendant gloire à Dieu pour une nouvelle famille qui croyait vraiment au Fils de Dieu, le Christ Jésus. Lorsqu'ils eurent terminé, ils s'en allèrent, et Susan et sa famille louèrent Dieu encore plus et crurent de tout leur cœur et de toute leur pensée au Christ en tant que Messie du monde, et ce Noël fut le plus béni de tous, et celui dont ils se souviendront toute leur vie.

Autres livres de Paul A. Lynch

Histoires de la Bible avec une variante : Livre 1

Histoires de la Bible avec une variante : Livre 2

À propos de l'auteur

Paul A. Lynch est l'auteur de nombreux livres. À ce jour, il a écrit plus de 250 nouvelles. Certaines de ses nouvelles sont publiées dans des anthologies aux États-Unis et au Canada. Il est également éducateur. Il a étudié la Bible hébraïque, le Testament juif, ainsi que le contexte et la culture juifs à l'Institut biblique d'Israël en Israël.